LES LOISIRS

D'UN ROYALISTE,

DÉDIÉS

AUX HABITANS

DE LA FIDÈLE VILLE DE BORDEAUX,

Par le Lieutenant-Colonel J. PYRAULT,
Chevalier de saint Louis.

Je ne suis qu'un soldat, et je n'ai que du zèle.

A TOULOUSE,

Chez BELLEGARRIGUE, Imprimeur-Libraire, rue
des Filatiers, 6.e Section, N.º 33.

1814.

ORDRE DES MATIÈRES.

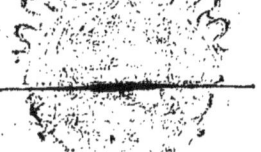

ÉPITRE DÉDICATOIRE

aux Habitans de la ville de Bordeaux,

Honneur aux Preux.

Braves et fidèles Bordelais,

Si j'étais orateur ou poéte je consacrerais mes talens à célébrer votre gloire, désormais immortelle ; je vous représenterais, plus heureux, aussi magnanimes que les habitans de Sagonte, déployant aux yeux de l'Europe attentive un caractère d'autant plus héroïque, que ni les calculs de l'intérêt, ni les conseils d'une timide prudence ne refroidirent l'élan de vos ames généreuses.

C'est du pied de la bannière royale

iv

relevée par vos mains, c'est du sein de vos murailles que partit l'étincelle électrique qui ralluma dans le cœur de tous les Français leur antique amour pour leurs Rois : votre énergique et salutaire résolution dissipa les craintes, fixa l'indécision des Princes alliés, et leur apprit que trop long-temps, instrument et victime des désastres de l'Europe, la nation, enfin détrompée, ne soupirait qu'après l'heureuse paix dont le retour de la Maison de Bourbon devenait le gage et le garant ; et si les actions des hommes doivent se mesurer sur la grandeur des sacrifices et sur l'importance des résultats, quelle conduite plus que la vôtre porta jamais ce double caractère ? D'un côté, vos fortunes, vos vies, les innocens objets de vos plus tendres affections exposés aux redoutables vengeances d'un tyran sans pitié; et, de l'autre, la restauration et le salut de la patrie.

Sans doute la France en deuil hâtait par ses vœux le moment de sa délivrance, sans doute elle tournait ses regards chargés de larmes vers l'astre bienfaisant dont la trop longue éclipse avait causé tous ses malheurs ; mais le souvenir des crimes de la révolution mêlait à ses espérances quelques vagues inquiétudes sur l'avenir, et retardait sa marche vers une félicité dont elle n'osait pas se croire digne.

C'est à vous, ILLUSTRES BORDELAIS, qu'il était réservé de donner à vos frères incertains l'exemple d'une loyale confiance, et de leur ouvrir une nouvelle ère de gloire et de bonheur : les premiers, entre tous les Français, vous leur avez révélé ce trésor de clémence et de vertus, qui du cœur de notre Monarque, comme d'une source féconde, était prêt à s'épancher sur ses enfans heureux et consolés ; et du jour, à jamais mémorable, où reposant les bases de la Monarchie, vous reconnûtes les droits imprescriptibles et sacrés du meilleur des Rois, du plus tendre des pères, vous fûtes proclamés les aînés de sa grande famille.

Mais au milieu de cette atmosphère de gloire, quel est ce mortel dont une si brillante auréole couronne la tête vénérable ? C'est le Monk français, ce magnanime magistrat, dont l'heureux génie sut concevoir, préparer et accomplir le grand œuvre de notre rédemption politique. Noble Lynch (1), orgueil de la Gironde ! pour célébrer vos éclatans services et vos vertus héroïques les expressions manquent au sentiment ; mais votre nom, désormais attaché par la

—————————————

(1) C'est dans la correspondance même de M. le comte de Lynch, imprimée à Bordeaux dans le mois d'août dernier, qu'il faut lire et admirer les détails des importans événemens dont il est l'historien et le héros, et qu'il raconte avec autant de grâce que d'intérêt.

reconnaissance nationale à cette grande époque du salut de la France, n'est-il pas lui seul l'éloge le plus pompeux ? Je vois à ses côtés l'intrépide législateur (2), qui, dans le sublime accès du plus saint, comme du plus périlleux dévouement, attaquant l'usurpateur corps à corps, osa lui porter les premiers, et peut-être les plus terribles coups : heureuse cité ! c'est encore un de tes enfans.

Que ne puis-je retracer fidèlement le touchant spectacle qu'offrit votre ville lorsque la Providence désarmée conduisit dans ses murs l'auguste Fils de saint Louis, qui venait changer nos destinées ? Tout un peuple, consolé par sa présence de vingt-cinq années d'infortunes, se précipitant en foule sur son passage,.... s'énivrant du plaisir de le voir ,.... con-

_____

(2) Il est inutile de prévenir que c'est M. Lainé dont il est ici question.

fondant sur lui ses regards, ses souvenirs
et ses espérances;.... mouillant ses royales
mains des premières larmes du bonheur,...
et lui payant, dans les transports d'une
joie d'autant plus expansive, que le sentiment qui la dictait fut concentré plus
long-temps, les immenses arrérages de
son amour,.... etc.

Il est plus facile de partager que de
peindre de pareils transports, et mon
esprit est un trop faible interprète de
mon cœur. Ah! si mes forces répon-
daient à mon zèle, et si je pouvais mieux
rendre ce que je sens si bien, vous re-
cevriez ici un hommage moins indigne de
son objet : et vous, aimables apôtres du
royalisme, dont la ferveur dans cette
mission d'amour a fait de si nombreux
prosélytes; roses semées sur le chemin
de la vie, femmes adorables, sexe en-
chanteur si cher à la vaillance, vous
embelliriez mes tableaux du charme que

vous seules savez répandre...... Mais je
suis un soldat plus exercé à manier l'épée
que la plume ; et si j'ose, BRAVES ET
FIDÈLES BORDELAIS , mettre votre nom
à la tête de ces écrits, peu dignes sans
doute (quoique dictés par mon religieux
attachement à la Maison de Bourbon) de
paraître sous vos auspices, c'est dans la
seule intention de vous payer, autant
qu'il est en moi, le tribut d'admiration
et de reconnaissance que vous avez droit
d'attendre de tout bon Français et de
tout sujet fidèle à ses Maîtres : heureux !
si , en faveur du motif qui m'anime,
vous daignez faire grâce à l'insuffisance
de mes efforts.

J. P.

EXTRAITS

D'UNE LETTRE DE L'AUTEUR

A M.ᵣ LE COMTE D. L.

——————

....

....

Les Essais sur les Sermens renferment des
vérités sans doute incontestables, mais qui
sont méconnues par beaucoup de gens :
l'erreur a jeté de si profondes racines, et
l'éducation publique, soumise à l'influence
d'un gouvernement corrupteur qui voulait
faire de tous les jeunes gens autant de Seïdes,
a semé dans leurs cœurs des germes dont
le développement est tellement dangereux,
que tout honnête homme, pour prévenir ou
réparer le mal, doit s'empresser de propager
les idées saines et les principes de justice sur
lesquels reposent essentiéllement les institutions sociales, et présenter enfin les droits
du Monarque et les devoirs des sujets sous
leurs véritables points de vue.

Dans la crainte de blesser, au lieu d'ins-
truire, je n'ai fait qu'effleurer une matière

susceptible des plus grands développemens ;
et, pour né point soulever des passions encore en effervescence, je n'ai pas dit tout
ce que j'aurais pu, ni même tout ce que
j'aurais peut-être dû dire, préférant rester
en deçà du but plutôt que de le dépasser.
Loin de me blâmer, j'espère que les bons
esprits me sauront gré d'une modération
dont notre Roi lui-même nous donne de si
magnanimes exemples.

Les mêmes sentimens, le désir d'être utile
et de ramener l'attention sur des vérités dont
on ne peut s'écarter sans danger, m'ont dicté
mes réflexions sur l'ouvrage de M. d'Ecoiquiz.
D'ailleurs elles nous rappellent de grandes
infortunes, qui doivent nous intéresser sous
le double rapport qu'un jeune Roi de la
Maison de Bourbon en fut la victime, et
Napoléon l'instrument.

On me reprochera peut-être la rudesse
avec laquelle je traite M. d'Escoiquiz : il est
cependant vrai que j'ai adouci mes teintes
autant qu'il m'a été possible ; mais j'avoue
qu'encore dans ce moment je ne puis penser
de sang-froid à l'imprudence de ces conseillers qui ne craignirent point de confier

leur Maître au bourreau de M.⁸ʳ le Duc
d'Enghien. D'un autre côté, la manière
dont M. d'Escoiquiz parle de nos Princes,
et la misérable ressource qu'il emploie, de
chercher, pour pallier ses torts, à justifier
Buonaparte, m'avaient si peu disposé à l'in-
dulgence, que ce sont ces motifs qui m'ont
déterminé à lui répondre.

Quant au style, je n'en dis rien : dans
le tumulte des camps, et pendant une longue émigration, je n'ai pu cultiver les
lettres, et je ne prétends point à la répu-
tation d'auteur ; celle de bon français et de
sujet fidèle est la seule à laquelle j'aspire.

Si ces faibles écrits, enfans de mon zèle
et de mes bonnes intentions, peuvent me con-
cilier l'estime des gens de bien, et ramener
quelques esprits égarés, tous mes vœux seront comblés. Content d'avoir employé les
loisirs d'une oisiveté qui me pèse d'une
manière qui ne soit pas tout-à-fait inutile,
j'attendrai avec une respectueuse résignation
que le Roi daigne m'accorder, pour prix
de mes services, la faveur de les lui con-
tinuer.

ESSAIS

SUR

LES SERMENS.

Est-il d'autre parti que celui de vos Rois ?

VOL. Mer.

ESSAIS
SUR LES SERMENS.

DIEU et le ROI.

ON a depuis vingt-cinq ans si étrange-
ment abusé des sermens, que quelques
personnes ont fini par croire qu'il en était
d'eux comme des testamens, dont le dernier est toujours le meilleur; et depuis la
première Assemblée nationale, qui dépeça
pièce à pièce la Monarchie, jusqu'à Napoléon, qui mit le jacobinisme sur le trône,
et cacha son bonnet rouge sous un diadême,
tous les factieux qui, sous différentes déno-
minations, ont tour-à-tour désolé la France,
n'ont pas manqué d'étayer leurs usurpations
par un sacrilége, et de faire au peuple,
si sottement docile, une loi du parjure.

Cependant il ne faut pas être un profond
casuiste, pour connaître qu'un serment ne
peut être obligatoire qu'autant qu'il est fait

2

à une autorité légitime , et qu'appeler Dieu à témoin d'un crime est l'acte de la plus absurde impiété.

Les droits de nos Souverains se perdent dans la nuit des temps; ils s'appuient sur la puissance paternelle, dont ils sont l'image, et se rattachent à la Divinité, de laquelle ils émanent. Le coupable aveuglement qui les fit méconnaître trop long-temps n'a point altéré leur force; ils sont indépendans des caprices d'un sénat ou de l'abdication d'un tyran; seule garantie du bonheur public, ils sont la loi fondamentale et nécessaire de l'Etat; et l'on ne sait si l'on doit plus d'indignation que de pitié à ces hommes à consciences si subitement timorées, qui, dans leur scrupuleuse délicatesse, vantent avec une emphase au moins ridicule leur fidélité posthume à l'usurpateur, et s'obstinent à ne considérer l'obéissance qu'ils doivent à leur Roi légitime que comme un effet de la déchéance du premier; confondant ainsi, malicieusement peut-être, le fait avec le droit; et voulant substituer la raison du plus fort à celle des institutions sacrées

sur lesquelles reposent l'existence politique
et l'harmonie des sociétés.

Avec cette logique infernale, avec cette
commode et banale tactique de prétendus
sermens, qui confond et dénature toutes
les idées de devoir et de fidélité (1), point
de vertu qu'on ne transforme en crime, point
de crime que l'on n'érige en vertu. Ainsi,
les assassins de S. A. S. Mgr le Duc d'Enghien
obéirent innocemment aux ordres de leur

---

(1) On trouve dans *les Mémoires pour l'histoire de
France* une réponse pleine de logique et d'énergie, qui
donne la véritable solution de ce problème (qui n'en peut
être un que pour les personnes de mauvaise foi): *si l'on doit
garder la fidélité à un gouvernement, quelqu'illégitime qu'il
soit, par cela seul qu'on l'a juré.*

« La ville de Meaux, qui était du parti de la Ligue, ayant
» été informée de la conversion d'Henri IV, le reconnut
» aussitôt pour son légitime Souverain ; le Duc de Mayenne
» fit des reproches à Vitry, qui était gouverneur de la ville,
» de ce qu'il l'avait trahi, en livrant Meaux au Roi. Vitry
» répondit à son envoyé : *vous me pressez trop, vous me
» ferez à la fin parler en soldat ; je vous demande si un
» larron, ayant volé une bourse me l'avait donnée en garde,
» et si après, reconnaissant le vrai propriétaire, je lui
» rendais la bourse, et refusais de la donner au voleur qui
» me l'aurait confiée, aurais-je, à votre avis, fait acte
» mauvais et de trahison ? Ainsi est-il de la ville de
» Meaux* ».

Souverain ! ...... ainsi le brave et malheu-
reux de Gonault. (1) fut justement mis à
mort, pour avoir, dans les derniers jours
de la tyrannie, arboré la croix de saint
Louis, dont la bonté du Roi avait précé-
demment récompensé ses services !

Du moment où l'homme s'écarte dans sa
conduite des règles éternelles de la justice,
il marche en aveugle et sans guide; il s'égare
dans le labyrinthe des fausses théories et
des insidieuses abstractions ; il tourne inces-
samment dans un cercle vicieux d'erreurs
et de sophismes, et transforme le flambeau
de la morale en torche incendiaire.

---

(1) M.r de Gonault, dont je m'honore d'avoir été le cama-
rade et l'ami, fut un soldat intrépide et un excellent offi-
cier; j'ignore les détails de sa fin tragique, que je n'ai apprise
que par les gazettes étrangères ; mais je connais sa vie, et
je suis bien sûr que son dernier soupir fut pour son Roi.
Il a commandé une compagnie de hussards dans le corps
qui, aux ordres de M.r le lieutenant-général Comte de Vio-
menil, commandant l'avant-garde de l'armée de S. A. S.
Monseig.r le Prince de Condé, s'acquit une si brillante répu-
tation sous le nom de *Légion de Mirabeau*, et qui depuis la
conserva et l'accrut encore sous celui de son brave et brillant
colonel le Comte Roger de Damas, toujours à la même avant-
garde, commandée alors, de glorieuse et déplorable mémoire,
par S. A. S. Monseig.r le Duc d'Enghien.

A Dieu ne plaise que je cherche à réveiller
les haines des partis et à rouvrir des plaies
à peine dicatrisées ; loin de moi cette coupable idée : la clémence du Roi a couvert
le passé d'un voile généreux ; les Français,
enfin réunis dans ses bras, ne sont à ses yeux
que des frères qui ont des droits égaux à
sa bienveillance ; et tous les souvenirs, tous
les ressentimens doivent se taire à sa voix
paternelle.

Mais s'il existait des hommes qui, par
des regrets présentés avec art, ou par des
espérances adroitement déguisées, esseyas-
sent de troubler le bonheur général ; si, col-
portant de porte en porte des anecdotes
controuvées et des nouvelles alarmantes,
ils tentaient d'égarer l'opinion publique ; si,
tantôt avec les armes du ridicule, et tantôt
sous les apparences d'une feinte pitié, ils
travaillaient à jeter ou à nourrir dans les
cœurs des semences de mécontentement et
de division ; s'ils osaient mettre de miséra-
bles intérêts de coterie ou de famille en
opposition avec l'intérêt public ; s'ils cher-
chaient, par de lâches et de ténébreuses manœuvres, à alarmer les créanciers de l'État ;

de pareils hommes seraient des véritables criminels de Lèse-Majesté ; auxquels on ne pourrait apprendre trop tôt que le pardon du passé est en même temps le garant d'une justice sévère pour l'avenir, et que la ré-pression des esprits inquiets et turbulens est la sauvegarde des gens de bien.

Personne plus que moi ne rend hom-mage aux armées françaises ; à la gloire desquelles il ne manque rien, si ce n'est peut-être d'avoir combattu pour une meil-leure cause : leurs trophées remplissent le monde, et leurs exploits ont fatigué les cent voix de la Renommée. Honneur donc à nos braves ! couvrons leurs fronts de palmes immortelles ; mais rappellons-leur en même temps que l'armée n'est qu'un des membres du corps politique, et que les autres ne peuvent, ni ne doivent lui être sacrifiés ; que la paix est l'état naturel des sociétés ; qu'à son abri seul peuvent germer et fleurir l'industrie, le commerce et les arts, sources intarissables de la prospérité des nations ; qué s'ils perdent les chances de ces avance-mens hors de mesure, et même de vraisem-blance, dont les dangereux exemples ont

si font exalté leur ambition, ils en trouve-
ront le plus doux dédommagement dans le
bonheur de leur famille et dans la considération plus particulière et plus flatteuse
dont les environneront la confiance de leur
Roi et l'amitié de leurs concitoyens;......
enfin, que si le retour de l'ordre a nécessité
des réformes indispensables, ils ne doivent
point en accuser le Gouvernement répara-
teur, dont le premier devoir était d'établir
entre les différentes branches de l'administration une juste proportion, nécessaire à
l'harmonie générale; mais Buonaparte lui
seul, qui, dans son rêve de monarchie uni-
verselle, et pour exécuter ses gigantesques
projets, avait tout jeté au delà des bornes
naturelles, et avait fait de ses armées des
gouffres immenses dans lesquels allaient
s'engloutir avec la population les richesses
et l'espoir de la France.

Non, je ne croirai jamais qu'il existe des
hommes qui puissent de bonne foi regretter
un tyran qui n'a pas même trouvé dans sa
nombreuse famille, qu'il avait cependant
comblée d'honneurs et de dignités, un seul
individu qui voulût partager son exil, trop

doux châtiment de ses crimes. Si donc la triste célébrité désormais attachée à son nom, et la trace trop récente des maux qu'il a fait à l'humanité, ne permettent point de l'oublier, ne rappelons du moins sa mémoire que pour nous applaudir de l'heureuse révolution qui, en replaçant sur le trône de ses ancêtres le digne héritier des vertus de Louis XII et d'Henri IV, nous a rendu parmi les nations civilisées le rang que la France, veuve des Bourbons, avait perdue. Rallions-nous autour de notre bon Roi, secondons ses efforts généreux; payons-lui amour par amour; prouvons à la Providence qui nous l'a ramené que nous sommes dignes d'un si grand bienfait. Plus d'arrière-pensées, plus de craintes pour l'avenir, plus de philosophie désorganisatrice; *fidélité*, *bonheur*; que ces deux mots soient à jamais l'expression de la règle et de la conséquence de notre conduite.

Magistrats, guerriers, négocians, laboureurs, tous enfans du père commun de la patrie, marchons d'un pas égal dans la carrière qui nous est rouverte; ne formons qu'un désir, n'ayons qu'une volonté; ne

soyons qu'une même famille ; et par le touchant accord, d'une union vraiment frater-
nelle, préparons à notre bien-aimé Monarque, dans le tableau de la félicité publique,
but de tous ses vœux, la plus pure et la
plus précieuse récompense de ses travaux.

Ah ! s'il se rencontrait un être, dont
l'ame restât froide au milieu de l'exaltation
générale ; si la vûe de nos Princes chéris
ne faisait pas palpiter son cœur ; si la dou-
leur des deux Condé, pleurant l'espoir d'une
race de héros perdue sans retour, ne le
pénétrait pas d'épouvante et d'horreur ; si,
à l'aspect de la Fille des Rois, de ce vivant
Portrait d'une illustre et trop infortunée
Famille, ses yeux ne se remplissaient pas de
larmes brûlantes ; si une fièvre d'amour et
de reconnaissance ne courait pas dans ses
veines ; et si, quelles qu'aient été ses opi-
nions ou ses erreurs, il n'adorait point
comme une divinité tutélaire cette douce
colombe, messagère de bonheur, qui, pour
prix des maux qu'elle a soufferts, a rapporté
dans l'arche le rameau consolateur,......
non, cet homme ne serait pas français.....
Quant à moi, cet ange de bonté m'inspire

des sentimens que je ne puis définir ; je
n'ai point d'expression pour rendre l'effet
que son nom seul produit sur mon ame. Tous
les souvenirs, toutes les espérances se rattachent à sa royale Personne : Versailles, les
Tuileries, le Temple, *la Place Louis XV,*
l'exil, le bonheur, le passé, l'avenir, je
vois tout en elle ; et le culte que je lui rends
se compose de respect, d'amour, de je ne
sais quel enthousiasme chevaleresque, et de
tout mon antique et constant attachement
à sa Maison....... Ah ! lui sacrifier ma vie,
périr en servant les Bourbons, voilà le plus
ardent et le plus sincère de mes vœux :
c'est celui de tous les vrais Français.

VIVE LE ROI!

RÉFLEXIONS

POLITIQUES, CRITIQUES ET LITTÉRAIRES

SUR

UN MÉMOIRE APOLOGÉTIQUE

Concernant le voyage du Roi FERDINAND VII
à Bayonne, au mois d'avril de 1808;

PUBLIÉ A MADRID

PAR S. E. Monsieur JEAN D'ESCOIQUIZ,
Conseiller-d'État de S. M. C., ancien Précepteur
du Roi, Chanoine de Tolède, etc.

Errare humanum est.

(*) Sɪ l'apologie de M. d'Escoiquiz, qui vient d'être traduite en français par un gentilhomme espagnol, était seulement un ouvrage mal conçu et mal exécuté, je me serais tu, et mon respect pour le caractère de son auteur eût arrêté ma plume; mais il renferme des propositions qui, quoique échappées, sans doute innocemment, dans la chaleur de la composition, n'en sont pas moins dangereuses, sur-tout de la part d'un homme d'un tel mérite; et je crois devoir les dénoncer à l'opinion publique.

Je m'empresse de rendre hommage à l'exactitude et aux talens du jeune Traducteur, qui, d'ailleurs, par ses qualités personnelles et par ses malheurs, doit intéresser toutes les ames honnêtes.

(*) Je suppose connu l'ouvrage de M. d'Escoiquiz, qui, malgré le mal que j'en dis et que j'en pense, renferme des détails curieux qui pourront fournir à l'histoire de précieux matériaux.

CHAPITRE I.er

JUGEMENT DE L'OUVRAGE DE M. D'ESCOIQUIZ.

CHARLES XII, le lendemain du jour où il fit au roi Auguste, qu'il venait de détrôner, la plus imprudente des visites, apprenant que ce prince assemblait dans Dresde un grand conseil extraordinaire, dit fort plaisamment : *vous verrez qu'ils délibèrent sur ce qu'ils auraient dû faire hier.*

La discussion polémique élevée dernièrement à Madrid, sur le trop mémorable voyage de S. M. le roi Ferdinand VII à Bayonne, est précisément l'histoire de ce conseil de Dresde ; et si dans des matières aussi graves le tendre et respectueux intérêt qu'inspire un roi jeune, confiant et magnanime, jeté sans boussole sur une mer orageuse et semée d'écueils ; si l'horreur et l'indignation contre son persécuteur n'étouffaient le ridicule, qui ne rirait du *donquichotisme* d'un athlète qui descend dans la lice pour soutenir une cause dont dès long-temps la raison, l'expérience et le cri public ont fait justice. Est-ce au moment où le vaisseau de l'état vient d'être miraculeusement ramené dans le port par le même coup de vent qui devait le briser, que les matelots dont l'imprudence égara sa marche et compromit sa sureté doivent vanter la sagesse de leurs manœuvres ?

Je dois cependant, pour rendre hommage à la vérité, déclarer solennellement que M. d'Escoiquiz est un homme d'honneur, que ses intentions furent toujours pures, que son zèle est aussi ardent que désintéressé, que son attachement pour son auguste Elève *ne peut être comparé*, comme il le dit lui-même, *qu'à celui d'un père pour un fils chéri*, enfin, que ses fautes en politique ne doivent sous aucun rapport être imputées à son cœur.

Si donc, content du témoignage de sa conscience, M. d'Escoiquiz n'eût opposé à ses détracteurs que l'acte solennel dont, sans doute, la justice, bien plus que la condescendance du roi (1), l'a honoré; si au lieu

_____

(1) Voyez les pièces justificatives de l'ouvrage de M. d'Escoiquiz.

d'exhumer un sermon ridicule (1) , il se fût
borné à publier la lettre par laquelle l'auteur s'est rétracté; si, éclairé enfin par l'expérience, sa pointilleuse susceptibilité n'eût
point entrepris la tâche, impossible à remplir,
de prouver que sa conduite politique est à
l'abri même du reproche de légéreté ou
d'imprudence; et si, gardant l'attitude et
la dignité qui conviennent à un homme
de son caractère, il ne fût point descendu
au rôle de folliculaire , il se serait épargné
les ridicules et les chagrins que lui prépare
une controverse qu'il a mal-adroitement
provoquée : peu à peu tous les bruits vagues
se seraient dissipés , la médisance se serait
tue, un silence modeste eût désarmé la mal-
veillance, et le respect eût enchaîné la cri-
tique : aux pieds du trône où la reconnaissance et l'amitié de son royal Elève l'ont
placé, sous l'égide dont la confiance de son
Maître l'a couvert, qu'avait-il à redouter ?
quels traits pouvaient l'atteindre ? Mais,
sans consulter ses moyens, il engage impru-

_____

(1) Voyez les pièces justificatives de l'ouvrage de M.
d'Escoiquiz.

demment une lutte inégale; il entre dans la carrière, et jette le gant : chacun peut le relever; et du moment où, dépouillant le caractère de conseiller-d'état, il prend celui d'écrivain, tout homme a le droit de le juger et de lui répondre.

Sous le rapport littéraire l'ouvrage de M. d'Escoiquiz est facile à apprécier : il est diffus et lourdement écrit ; il manque de l'agrément et de l'intérêt qu'un style élégant et correct, et des anecdotes choisies, dont il était possible et nécessaire de l'enrichir, pouvaient seuls lui donner : c'est un long plaidoyer, sans couleur, dans lequel l'auteur se fatigue et fatigue le lecteur à prouver son innocence, que personne ne lui conteste, et par lequel il cherche à laver, par des raisons, quelquefois spécieuses, trop souvent inconvenantes, sa perspicacité diplomatique, du reproche, malheureusement bien fondé, d'avoir engagé son jeune Maître dans une démarche éminemment imprudente : c'est là le but seul de l'ouvrage ; et cette idée occupe tellement l'auteur, qu'il la tourmente de cent manières, la reproduit sous toutes les formes, la ramène sous

tous

tous les prétextes, et ne l'abandonne un
instant que pour y revenir bientôt par
un détour ; c'est l'amour-propre humilié
qui se débat sous le poids accablant de la
conviction ; en un mot, si l'on trouve
presque par-tout dans cette brochure les
sentimens d'un homme de bien, on y
chercherait vainement le ton d'un homme
de cour, le talent d'un homme d'état, le
style d'un homme de lettres.

Si nous passons de la forme au fond de
l'ouvrage, nous le trouverons hérissé de
maximes fausses, de principes dangereux,
d'aveux indiscrets ; nous verrons M. d'Escoiquiz, luttant sans cesse contre l'évidence
qui le presse, défendre par de mauvais raisonnemens le parti plus mauvais encore
qu'il fit adopter à son Maître ; détruisant
dans un paragraphe ce qu'il avait essayé de
prouver dans l'autre, et donnant à chaque
instant des armes contre lui-même : tant une
première erreur en entraîne nécessairement
d'autres à sa suite ! et tant il est difficile,
même à l'homme le plus droit, de préférer
l'aveu naïf d'un tort au sot orgueil d'entreprendre de le justifier !

3

Je ne suivrai point pas à pas M. d'Escoiquiz dans sa défense ; ce serait une fatigue
inutile et minutieuse. Après avoir jeté un
coup-d'œil rapide sur la question principale,
je me bornerai, sans toutefois m'astreindre
à l'ordre des matières, à extraire indifférem-
ment, soit du corps même de l'ouvrage, soit
de la fameuse conversation entre l'auteur et
Napoléon, quelques-unes seulement des propositions les plus mal sonnantes, et quelques
traits propres à justifier le jugement sévère
que j'en ai porté.

CHAPITRE II.

Opinion motivée sur le voyage de S. M. C. a Bayonne.

JE conviens, avec M. d'Escoiquiz, que la position du jeune Roi à Madrid était des plus critiques; mais j'en tire cette conséquence, bien différente des siennes, qu'une crise seule pouvait sauver le Roi, l'État et l'honneur de tous deux.

Quatre-vingts mille Français occupaient Madrid ou les environs, et formaient une chaîne jusqu'à Bayonne.

Eh! que sont cent, deux cents mille hommes contre une nation énergique et fidèle qui défend son Dieu, son Roi, sa liberté? que peuvent des armées étrangères, quelque nombreuses qu'on les suppose, contre l'unité de pouvoir et de volonté? Il est vrai que l'Espagne perdit bientôt cet avantage inappréciable par la désastreuse démarche qui mit son Roi sous le couteau, et la nation

*

à deux doigts de sa perte ; mais elle en jouissait à l'époque à laquelle je me reporte.

Le peuple était sans armes.

Les Vendéens, contre le courage desquels ont échoué tant d'armées républicaines, et que l'on n'a pu soumettre qu'après les avoir désunis et trompés ; les Vendéens avaient-ils des armes lorsqu'ils commencèrent leur sainte insurrection ? Des paysans et des femmes avec des fourches, des bâtons et des pierres, au nom du royal Enfant renfermé dans les cachots du Temple, enlevèrent des batteries défendues par des soldats aguerris, et firent trembler jusques dans son repaire l'hydre conventionnelle. Cependant la Vendée n'est qu'un point sur le territoire de la France, et l'Espagne attentive n'attendait qu'un signe pour se lever toute entière. *Des armes !*....... Dans une lutte aussi sacrée l'enthousiasme y supplée, le désespoir en forge, le courage sait en conquérir..... *Des armes !*..... Tout Espagnol n'avait-il pas les siennes dans son cœur ?

Un soulèvement eût entraîné des massacres, des incendies, etc., etc., etc.

Je ne puis le nier ; mais aux maux désespérés il faut des remèdes violens. Lorsque la gangrène est dans une plaie, les palliatifs ne sont plus de saison ; c'est le fer et le feu qu'il y faut appliquer : et la faiblesse des Gouvernemens a, dans tous les siècles, coûté à l'humanité des flots de sang que des mesures énergiques lui eussent épargné.

La vie même du Roi courait des risques. Cette idée fait horreur : sans doute un crime, un hasard pouvaient terminer ses jours, et c'est une des chances de la guerre; mais, tout en convenant que le voyage de Bayonne éloignait ce danger, quel homme osera dire qu'il ne compromettait pas d'une manière plus certaine, et sur-tout moins honorable, la vie de S. M. En effet, si Ferdinand VII fût mort en défendant sa couronne et son pays, une palme immortelle eût couvert son tombeau; et son nom glorieux, désormais associé à ceux des héros de tous les âges, passait à la postérité la plus reculée ; tandis que si dans l'indigne prison où il a langui si long-temps il fût tombé obscurément sous le fer d'un assassin, l'histoire consacrerait à peine quelques lignes à sa mémoire dans la liste des nombreuses

victimes de la perfidie des tyrans et de l'inep-
tie des ministres.

Et comment M. d'Escoiquiz, ou le conseil , n'a-t-il pas frémi de l'effrayante res-
ponsabilité dont il se chargeait ? Si le Roi
eût péri en France , même naturellement,
comment M. d'Escoïquiz eût-il rendu compte
à la nation en deuil du dépôt confié à ses
soins , et désormais perdu sans retour ?
qu'eût-il opposé à la juste indignation du
peuple lui redemandant son Roi , son père,
son idole?. . ..,... La pureté de ses intentions !...... M. d'Escoiquiz sait bien que
si cette excuse est admise au tribunal de
Dieu , la justice humaine ne s'en contente
pas. Mais, grâces, grâces immortelles à la
divine Providence qui a sauvé de tant et
de si grands périls une tête aussi chère !
gloire impérissable à la noble nation espa-
gnole, dont l'héroïque fidélité et les efforts
généreux ont rendu la mort de son jeune
Monarque inutile et même dangereuse pour
l'usurpateur ! gloire à Ferdinand VII et aux
Infans , qui , par leur courageuse fermeté
pendant une aussi douloureuse épreuve ,
ont ajouté un nouveau lustre à leurs vertus,

et acquis tant de droits aux respects de
l'Europe et à la reconnaissance du peuple
espagnol.

Peut-être faut-il chercher dans l'attachement extrême de M. d'Escoiquiz pour son
Maître, et dans son état, le germe et l'excuse
de sa conduite. Ministre de paix, plus exercé
à diriger les ames vers la patrie céleste, qu'à
tenir le gouvernail au milieu de la tempête,
il préférait, quelques mauvaises qu'elles fus-
sent, les mesures conciliatrices aux moyens
violens, qu'il ne pouvait apprécier ni connaître; et ses craintes, mal calculées, mais
très-naturelles sur les dangers du Roi, lui
faisaient saisir avidement tout parti qui pa-
rissait devoir les reculer. Content de l'avoir
sauvé pour un jour, il abandonnait le soin
du lendemain au hasard et à la Providence.
Mais le conseil du Roi n'était-il donc composé
que de chanoines (1)? et ne s'y trouvait-il

_____

(1) S. E. Don Pedro Ceballos, si connu par son fameux
manifeste, par ses talens et par ses services, vient de publier
à Madrid une brochure en réponse à celle de M. d'Escoiquiz,
dans laquelle il donne bien à connaître qu'il ne fut jamais de
l'avis du voyage de Bayonne.

Le ministre de la guerre, Don Gonzalo Offarill, autant

pas quelques-unes de ces ames d'une trempe forte, capables de donner au jeune Monar-que, espoir des deux mondes, un conseil salutaire et vigoureux ? ou leurs voix furent-elles étouffées par celles des conseillers timi-des et temporiseurs, espèce de gens qui se trouve en majorité presque par-tout ?

Supposons un instant que les inconvéniens que pouvait entraîner à sa suite un soulève-ment populaire aient dû faire rejeter ce moyen ; alors pourquoi n'avoir pas donné au Roi le conseil si naturel de fuir, et de mettre au moins la Sierra - Morena entre l'armée française et lui ? M. d'Escoiquiz touche légérement cette corde ; représente d'abord ce projet comme d'une exécution difficile ; dit ensuite qu'il était impraticable, et n'en reparle plus que pour se faire répon-dre (1) par Napoléon lui-même, que c'était le seul parti à prendre dans les circonstances.

---

recommandable par ses connaissances diplomatiques que par ses talens militaires, par son amour pour son pays que par ses vertus privées, combattit aussi de tous ses moyens cette fatale résolution, et ses efforts furent inutiles.

(1) Voyez dans les pièces justificatives du mémoire la con-versation entre M. d'Escoiquiz et Buonaparte.

Et dans ce cas que pouvait-il arriver de pis au Roi, que d'être arrêté par une patrouille française. Mais n'était-il pas déjà prisonnier dans son palais? Et cette considération d'un danger, au moins incertain, pouvait-elle entrer en balance avec la sureté du Monarque et le salut de ses peuples, effets nécessaires de la liberté reconquise?

Je n'ose penser que, dans l'hypothèse de la fuite, S. M., devant être seule ou peu accompagnée, la crainte de rester en otage et d'être exposés à la vengeance des Français, ait influé sur les délibérations des membres du conseil : une telle bassesse est incompatible avec la loyauté castillane. Non, cela n'est pas possible.

Pourquoi donc n'a-t-on pas essayé ce moyen, moins honorable et moins efficace sans doute que le premier; mais incomparablement plus noble et plus sûr que celui que l'on a si malheureusement préféré?

A cela M. d'Escoiquiz répond, que *loin d'avoir le moindre soupçon des projets cachés de l'usurpateur, le conseil avait, au contraire, des raisons péremptoires pour croire, sinon à une amitié désintéressée de sa part,*

du moins à l'impossibilité qu'il eût conçu
le projet d'un changement de dynastie en
Espagne ; et que , d'ailleurs , la démarche
franche et confiante du Monarque, qui allait
se remettre en ses mains , en flattant son
orgueil , le disposerait à lui accorder des
conditions plus avantageuses........... etc...
etc..... etc. Honteuses espérances ! pitoya-
bles raisonnemens ! aveugle sécurité !

» Quoi ! tandis que dans l'Europe entière
il n'y avait pas un homme de sens qui ne
pressentît les projets de Napoléon ; tandis
que les soldats français eux-mêmes disaient
hautement qu'ils venaient venger le roi
Charles IV , et conquérir l'Espagne ; par
quelle fatalité les conseillers du Roi , seuls
sourds , seuls aveugles , s'obstinaient-ils à
ne rien voir , à ne rien entendre ? et , tran-
quilles , d'après je ne sais quelles chimé-
riques données , obéissaient-ils avec une
apathique docilité à toutes les insinuations
des agens secrets ou publics de Buonaparte ?
Comment , en supposant même qu'ils igno-
rassent les bruits du dehors , et qu'ils ne
connussent point encore toute la perfidie ,
ni le raffinement de mauvaise foi de l'homme

avec lequel ils traitaient, ne voyaient-ils
pas du moins ce qui se passait à leur vue?
L'occupation, contre le droit des gens, et par
les plus vils moyens, des places frontières ;
la conduite hautaine du duc de Berg et des
agens français ; leur refus de reconnaître le
Roi, leurs instances suspectes pour déterminer
S. M. C. à entreprendre le voyage de Burgos;
les notes d'Ysquierdo, les inquiétudes de la
nation : tout ne devait-il pas dessiller leurs
yeux trop long-temps fermés à l'évidence ?
tout ne leur criait-il pas : sauvez la patrie,
sauvez le Roi? la voix de tout un peuple
en alarmes ne retentissait-elle pas à leurs
oreilles? ne voyaient-ils point que chaque
pas vers le nord resserrait les chaînes de
l'infortuné Monarque? enfin, l'élan sublime
et patriotique des braves habitans de Victoria; la lettre même de Napoléon, dans
laquelle le nom de frère était si artificieuse-
ment réuni à celui d'Altesse royale, qu'il y
donnait au Roi; les avis de M. d'Urquijo,
les offres du duc de Mahon (1); les démar-

_____

(1) M. Mariano-Louis de Urquijo ; ancien ministre, alors
exilé en Biscaye, vint à Victoria dans l'espérance d'empê-

ches et les inquiétudes du général Savary :
une telle masse de lumières, dis-je, ne
devait-elle pas dissiper le nuage qui leur
cachait la vérité, et leur faire user sans
délai des dernières ressources qui leur res-
taient, pour sauver la vie, ou du moins la
liberté de leur Maître, trop évidemment com-
promise?..... Mais, non ! tout fut inutile;
et la Victime dévouée dut consommer son
sacrifice. C'est ainsi qu'un petit-fils d'Henri
IV et de Louis XIV, le roi d'Espagne et des
Indes, sur la tête duquel reposaient les destinées de tant de millions d'ames, fut livré
à l'implacable ennemi de sa Maison, et jeté
dans des bras dégouttans encore du noble sang
du duc d'Enghien... Certes, lorsque le duc
d'Albe fit la chevaleresque imprudence d'entrer dans la loge du plus furieux lion de
la ménagerie du Retiro (2), il courut des

cher S. M. de passer plus avant, et proposa des moyens
pour la délivrer.

M. le duc de Mahon-Crillon, gouverneur de Saint-Sébas-
tien, s'empressa d'offrir ses services et ceux des troupes à
ses ordres.

(2) Le duc d'Albe visitait la ménagerie du Retiro de
Madrid avec une jeune dame qu'il était sur le point d'épouser ;

chances incontestablement moins hasardeu-
ses que Ferdinand VII, en confiant son sort
au bourreau de son cousin ; car, après tout,
le duc d'Albe avait l'épée à la main, et ce
lion n'était point un tigre.

---

celle-ci jette étourdiment un de ses gants dans la loge d'un
lion, en disant au duc qu'elle le croyait trop preux chevalier pour ne pas aller le chercher. Le duc d'Albe met
l'épée à la main, se fait froidement ouvrir la loge, y entre
malgré l'effroi et les prières de la dame, ramasse son gant,
et le lui rapporte ; mais il ne se maria point avec elle.

CHAPITRE III.

Remarques sur quelques passages du mémoire de M. d'Escoiquiz.

JE n'insisterai point sur le reproche que l'on a fait à l'auteur d'avoir prodigué à Napoléon les flatteries les plus.... outrées... L'étonnante candeur avec laquelle il les rapporte en doit être une expiation suffisante.

Je passerai de même sur la complaisance avec laquelle il détaille les petites cajoleries que lui faisait Buonaparte, et la gentillesse avec laquelle il lui pinçait ou tirait les oreilles, et la mémorable réponse dans laquelle M. d'Escoiquiz lui dit, *que de grand cœur il voudrait, aux dépens de ces mêmes oreilles, ramener S. M. I. à sa manière de voir.* Sans contester le mérite, ni la grandeur du sacrifice offert, je me permettrai cependant d'observer qu'à la rigueur il ne pouvait pas entrer en compensation avec le trône de l'Espagne et des Indes, dont il était question ; et moins encore avec la vie et la liberté du Monarque, dont la première était menacée, et la seconde déjà perdue.

Comment, si M. d'Escoiquiz a eu le malheur de laisser échapper une plaisanterie aussi déplacée et d'un aussi mauvais ton, ne l'a-t-il pas effacée dans le calme de la rédaction ?

Je ne dirai rien de la proclamation de Bordeaux, que M. d'Escoiquiz annonce avoir rédigé lui-même, et avec tant d'art, que le lecteur le plus sot devait y reconnaître à chaque phrase une protestation contre la violence, et une invitation aux Espagnols de secouer le joug étranger ; tandis qu'au contraire, abstraction faite toutefois des circonstances dans lesquelles elle fut écrite, et de la force qui la dicta, elle paraît devoir servir d'acte d'accusation contre tout Espagnol qui ne s'est point rangé sous les drapeaux de l'usurpateur, et de l'excuse la plus légitime à tous ceux qui ont suivi son parti. Telles sans doute ne furent point les intentions de l'auteur, quoiqu'il doive réellement considérer ces derniers comme des victimes de sa politique et de la mesure désastreuse du départ du Roi (1), qui mit en problème, pour quelques-uns, ce qui sans ce fatal voyage n'eût jamais cessé d'être en principe aux yeux de tous.

Je ne relèverai point l'imprudence de certains aveux, ni la mal-adresse du développement donné à des objections mal ou non résolues ; je ne dois point imiter la faute que je condamne.

Mais, lorsqu'en parlant de l'insurrection d'Aranjuez, il excuse le peuple, et insinue que les troupes, dans le cas où elles eussent reçu l'ordre de repousser la force par la force, auraient dû désobéir ; consacrant ainsi la révolte et l'insubordination, principes subversifs de toutes les sociétés ...... lorsque, cherchant à colorer de quelques prétextes les funestes résolutions sur lesquelles il a si fort influé ; et qu'essayant, pour motiver sa confiance en Napoléon, d'excuser ses usurpations, il nous peint la Hollande érigée en royaume tributaire de la France à la demande et à la satisfaction générale

_____

(1) Voyez la lettre du Traducteur de M. d'Escoiquiz.

générale de ses habitans;..... la Suisse (1) devant son indépendance à la modération de Buonaparte;...... le roi de Naples justement dépouillé de ses Etats, pour avoir tenté de secouer un joug imposé par la force;..... lorsqu'il nous représente la réunion du Piémont à la France comme légitime, sous le double rappórt que c'est la porte de l'Italie, et que ce trône était vacant; comme si la Maison de Savoie fût éteinte, et que le droit de bienséance et du premier occupant dût être désormais la règle politique des nations civilisées,.......; le lecteur se demande, dans son étonnement profond, si de pareilles maximes sont sorties de la plume d'un chrétien, d'un prêtre, d'un sujet dévoué à son Maître, ou de celle d'un philosophe de l'école de Robespierre. Cependant nous n'avons certainement pas pour ces propositions, ni pour leurs conséquences, plus d'horreur que M.

---

(1) Si M. d'Escoiquiz, échappé des prisons de France, se fût réfugié en Suisse, c'est alors qu'il eût pu apprécier cette prétendue indépendance et la sureté de l'asile qu'elle lui aurait offert. . . .

4

d'Escoiquiz n'en a lui-même ; mais l'amour-
propre est un si mauvais conseiller, qu'em-
porté par l'aveugle désir de justifier sa conduite politique, l'auteur entasse, sans
méthode, comme sans choix, tous les matériaux qu'il croit propres à sa défense, et
sacrifie trop souvent la raison et les bien-
séances à la poursuite de cette chimérique
entreprise.

Peut-être au moment où les décrets d'une
Providence impénétrable viennent de rendre
le bonheur à la France, et le repos au monde,
en relevant le trône de saint Louis, paraîtra-
t-il peu généreux de reprocher à M. d'Escoiquiz le ton dont il parle des Bourbons de
la dynastie française, l'emphase avec laquelle
il vante au tyran l'indifférence du roi
Charles IV pour leurs intérêts, et l'indis-
cret espoir qu'il ne rougit pas de lui donner,
de voir son jeune Maître partager les mêmes
sentimens? Mais pourquoi M. d'Escoiquiz,
s'il a cru devoir dans un temps se servir de
ces moyens odieux et bas, né les a-t-il pas
supprimés dans son ouvrage? Ou était-il
de bonne foi en énonçant ces honteuses propositions; et, pénétré aujourd'hui d'un juste

repentir, croit-il devoir s'en punir, en s'exposant ainsi lui-même au pilori de l'opinion publique ?

Quoi qu'il en soit, on ne peut se dissimuler, et personne mieux que M. d'Escoiquiz n'était fait pour sentir et connaître cette vérité, que tous les peuples de l'Europe ont porté la peine de l'injuste et impolitique oubli dans lequel ils ont laissé trop long-temps les droits des Princes français. Chaque nation a été à son tour conquise et ravagée ; et si, dans la répartition des châtimens l'Espagne a souffert davantage, c'est que peut-être son gouvernement avait plus de reproches à se faire qu'aucun autre.

Le Roi Charles IV n'a-t-il pas fait la paix ? n'a-t-il pas signé un traité d'alliance offensive et défensive avec les assassins du Chef de sa Maison ? n'a-t-il pas accueilli, fêté dans sa cour un régicide ? n'a-t-il pas fourni à l'usurpateur des secours pour détrôner le Roi de Naples, son propre frère, etc., etc., etc.

Lorsqu'un anneau de la chaîne qui réunit en un seul faisceau les intérêts et les droits de tous les Souverains vient à se rompre,

le monde est livré à la confusion, à l'anar-
chie, au brigandage ; l'égoïsme et l'*esprit
de vertige* président aux conseils des Rois ;
la morale publique est pervertie ; la vertu,
tous les sentimens nobles et généreux ne
sont plus que de ridicules abstractions ; les
plus douces affections de la nature et les
devoirs qu'elle impose sont punis comme
des crimes ; le génie du mal couvre d'un
voile funèbre les campagnes et les cités déso-
lées, et le même abyme menace d'engloutir,
avec les auteurs du parricide, les complices
passifs qui n'ont essayé ni de le prévenir,
ni de le venger.

Quel déluge de maux l'assassinat de Louis
XVI n'a-t-il pas attiré sur l'Europe ? Et de
combien s'en est-il fallu que le Jacobin
couronné, digne héritier de tous les crimes
d'une révolution qu'une fausse et coupable
politique ne voulut ou n'osa pas étouffer
dans son berceau, n'affermît son odieuse
puissance sur les débris de tous les trônes,
et ne la cimentât du sang des Chefs et des
Pontifes des nations.

Dieu seul dans sa clémence, comme l'a
reconnu avec une si touchante modestie le

moderne Agamemnon (1) ; Dieu seul pouvait
enchaîner le fléau qu'il avait suscité dans
sa colère. Hier, instrument des vengeances
célestes, tous les efforts humains ne pouvaient
seulement ébranler le colosse ; aujourd'hui
que désarmé par nos longues souffrances,
le bras puissant qui faisait sa force s'est
retiré, il tombe dans la poussière comme
un fruit mûr se détache de la branche qui
le portait ! Grandes et terribles leçons offer-
tes aux méditations des sages et des rois de
tous les pays et de tous les temps.

Je ne terminerai point cet écrit, sans
rendre un éclatant hommage à la noblesse, à
l'énergie et à l'à-propos de la réponse que M.
d'Escoiquiz adressa, en présence de Napoléon,
à plusieurs Français de sa suite, à l'occasion d'une insulte faite au Roi et à LL. AA.
les Infans ; c'est là qu'il est réellement lui-
même. Ce beau et prophétique mouvement
lui fait un honneur qu'il ne partage avec
personne.

On le reconnaît encore, et on le suit avec
un vif intérêt, lorsque pendant son séjour

_____

(1) L'empereur Alexandre.

à Paris il cherche à réveiller l'Europe endor-
mie ; il travaille, au mépris des dangers dont
l'environnait une police soupçonneuse, à
susciter par-tout des ennemis à la France ;
il échauffe les ressentimens ; il excite la
jalousie des Ministres étrangers; il les alarme
et les éclaire sur les vrais intérêts de leurs
Maîtres, et met peut-être la première main
à cette mine dont l'explosion devait un jour
engloutir la fortune et les gigantesques projets du tyran.

Voilà sans doute des titres incontestables à
l'estime et à la reconnaissance générales. Et
pourquoi faut-il qu'après avoir expié par
son zèle, par son dévouement et par ses
malheurs, ses erreurs politiques, M. d'Escoiquiz ait essayé de les justifier aux dépens
de sa propre gloire, dont cette indiscrète
apologie ne pouvait que ternir l'éclat ?

SUR L'ÉLOGE

DE LOUIS XVI.

Que dis-je? il n'est point mort, puisqu'il revit en vous.

RACINE.

SUR L'ÉLOGE
DE LOUIS XVI.

ON a de tous côtés mis au concours l'Éloge de Louis XVI : je ne sais; mais il me semble que ce sublime sujet n'est pas du ressort de l'éloquence profane : c'est à la religion, qui fit la force et la consolation de ce Roi martyr, à consacrer sa mémoire. Ce n'est que sous la voûte des temples, aux pieds des saints autels, en face du Dieu vivant, au milieu des nuages des plus précieux parfums, à la douce harmonie des célestes concerts, et dans une religieuse extase, qu'il doit être permis de célébrer des vertus qu'il est impossible de mesurer sur une échelle humaine ; et livrer un tel panégyrique aux présomptueux essais de l'amour propre et aux déclamations académiques, me paraît une sorte de sacrilége et une véritable entreprise sur les droits du sanctuaire.

Sans doute la vie politique de Louis XVI appartient toute entière à l'histoire........

Les plaies de la France fermées par une administration paternelle; .... la magistrature vengée et triomphante; .... les gens de bien rappelés de l'exil; ...... de grands travaux entrepris; ...... de sages ordonnances rendues; ..... l'agriculture, l'industrie, le commerce et les arts protégés et florissans; ...... l'abolition de la torture; .... l'affranchissement des serfs; .... la création magique d'une marine imposante; ..... une guerre glorieuse; .... une paix honorable; ... la justice la plus impartiale; ...... des mœurs austères; .... une soif ardente du bien public; ..... enfin, la nation heureuse au-dedans, et respectée au-dehors: ...... voilà les titres qui placent ce Prince à côté des meilleurs et des plus grands Rois, et une noble et vaste carrière ouverte aux efforts des orateurs et des poétes. Mais quel pinceau mortel osera jamais peindre sa longue agonie et sa mort ineffable, dont celle du divin Fondateur du christianisme offre le seul modèle?..... Au sein des plus amères douleurs sa grande ame ne s'occupant que du bonheur de ses sujets ingrats; ..... ces leçons d'amour et de clé-

mence qu'il se plaisait à donner au royal
Enfant qui devait, hélas ! lui survivre si
peu ;.... ces lâches outrages dont on abreuva,
sans la lasser, son angélique constance ;....
cette magnanime sérénité au milieu d'une
populace furieuse et parricide ;.... ce véritable courage de la vertu ;..... ces cris de
mort auxquels son cœur ne répondit jamais
que par des élans d'amour ;...... ses plus
fidèles serviteurs massacrés, et leurs membres palpitans portés en triomphe sous ses
yeux ;.... ses déchirans adieux à sa famille
éperdue ;...... les apprêts du supplice ;....
la hache régicide ;..... ces impures mains
d'un bourreau ;.... cette belle tête dépouil-
lée de ses cheveux ;.... ces indignes liens ;..
ces instrumens de guerre qui étouffent les
derniers accens de sa voix ;..... ce sourd
et douloureux gémissement ;.... ce sang ,..
ce sang !.... Ah ! tous mes souvenirs retom-
bent sur mon cœur !...... Non ,...... mes
pleurs même ne peuvent plus couler !......
Il faut adorer, et se taire.

Français, c'est au milieu de vous que
quelques monstres ont consommé cet horrible
attentat, qui, par ses circonstances et son

objet; n'a point d'exemple dans les fastes des nations ! Français, peuple bon, mais léger, qui fûtes leur victime bien plus que leur complice; ô vous, dont les malheurs et le repentir ont enfin désarmé la justice éternelle, admirez les prodiges opérés en votre faveur ! voyez du haut des cieux Louis XVI, veillant sur les destinées de la France, vous tendre encore ses bras paternels !

C'est un autre lui-même, c'est son auguste Frère, qui, tenant d'une main ce Testament, immortel monument d'amour et de bonté, et de l'autre vous présentant son adorable Fille, vient vous apporter le pardon, le bonheur et la paix. Conservez, conservez ce précieux Palladium que la Providence daigne encore vous confier !......... Vos riches Provinces étaient envahies, tous les Rois de l'Europe avaient juré votre perte, l'heure tardive de la vengeance avait enfin sonné : .... les Bourbons paraissent, l'esprit de Dieu les précède, la discorde s'enfuit à leur approche, et tous ces guerriers armés pour votre ruine deviennent à l'instant, et par un véritable enchantement, vos amis et vos frères ! Comparez, et réfléchissez.

LETTRE
D'UN TOULOUSAIN
A L'AUTEUR.

PERSUADÉ que l'on ne peut trop faire connaître tout ce qui tend à honorer le caractère national ; et dans l'impuissance de faire mieux, ou même aussi bien, je publie la lettre suivante, qui m'a été adressée par un anonyme, qui paraît réunir aux sentimens d'une prédilection bien naturelle pour sa ville natale tous ceux d'un bon Français.

LETTRE A L'AUTEUR.

TOULOUSE, le 24 octobre 1814.

MONSIEUR,

J'AI entendu lire avec un vrai plaisir votre Épître dédicatoire aux Bordelais : toute la France applaudira aux éloges si bien mérités que vous leur donnez ; et bien loin de réclamer contre un hommage auquel l'honorable initiative qu'ils ont prise dans les événemens qui ont amené la restauration leur donne des droits si légitimes, je viens mêler ma voix à celle de leurs admirateurs ; mais, en même temps, vous me permettrez de vous dire que la justice, et même la reconnaissance [car vous avez une grande obligation à un enfant de Toulouse] (A), devaient peut-être vous engager à faire mention d'une ville qui a donné tant et de si éclatans témoignages de son attachement aux Bourbons. Je suis Toulousain, et j'ignore si mon amour pour ma patrie m'aveugle ; mais j'ai l'orgueil de croire que dans la liste des villes fameuses par leur royalisme et par leur dévouement Toulouse doit occuper une des premières places.

Lorsque l'armée alliée entra dans nos murs, elle fut accueillie aux bruyantes et unanimes acclamations de VIVE LE ROI !.... Lorsque le Turenne de la Grande-Bretagne, lord Wellington, nous conseilla de modérer des transports qui pouvaient nous perdre, puisqu'il était possible que la paix fût signée à Châtillon, nous ne lui répondîmes que par ce même cri, si cher aux Français, VIVE LE ROI ! Et le premier instant de notre liberté fut marqué par l'irrésistible élan de

notre

notre amour pour nos anciens Maîtres ; que
dis-je ? nous avions déjà préludé à cet heureux effort de nos sentimens : les hommages
que nous rendîmes le 18 mars à S. M. Ferdinand VII se dirigeaient indirectement vers
nos Princes absens ; et notre ingénieuse
tendresse se plaisait ainsi à tromper sa dou-
leur, en leur adréssant ses vœux dans la
personne d'un roi de leur Maison.

Le 2 février précédent, lorsque le bruit
se répandit dans Toulouse que le S. Père,
qui y était attendu, n'y passerait point, la
population entière se précipita sur la route,
pour témoigner à cette vénérable Victime
le respectueux intérêt qu'elle lui portait ;
et le zèle des Toulousains, déconcertant les
mesures prises pour dérober S. S. aux hommages des fidèles (1), transforma sa marche
modeste en une pompe triomphale.

---

(1) La maison de M. Ramel, Maître de Poste, était remplie
de gens de tout âge, de tout sexe et de toute condition,
qui y attendaient l'auguste Voyageur. M. Ramel accompagna
S. S. jusqu'à Castanet, où il trouva l'occasion de lui présenter sa fille, qui eut l'honneur d'offrir au S. Père quelques
rafraîchissemens pour la route, et de recevoir sa bénédiction.

Note de l'Anonyme.

5

Le jour de la bataille, tandis que la mort nous environnait, que le canon tonnait de toutes parts autour de nous, et que nous restions exposés à toutes les horreurs que la guerre entraîne après elle, vous peindrai-je la contenance et le calme de la Garde urbaine, maintenant l'ordre, et faisant une exacte police dans les momens les plus difficiles? vous montrerai-je nos concitoyens et leurs sensibles compagnes, oubliant leurs propres dangers et leurs intérêts les plus chers, pour prodiguer aux blessés tous les secours de la plus active humanité?

A l'arrivée et pendant le séjour de M.ᵍʳ le duc d'Angoulême l'enthousiasme fut un délire; le Palais royal, le Capitole, la Salle du spectale (B), les rues, les places publiques, enfin tous les lieux honorés de la présence de S. A. R. ont été tour à tour le théâtre des plus vifs transports et des élans d'une joie dont il est aussi difficile de feindre les émotions que de retracer le tableau. Et ces sentimens, le retour de nos Princes les a développés; mais ne les a point fait naître : ils étaient en dépôt dans nos cœurs; ils y fermentaient dès long-temps, et n'attendaient pour éclater que l'occasion de le faire avec fruit.

Si donc les Bordelais ont donné un bel et grand exemple , les Toulousains ont l'honneur de les avoir suivis de près dans la carrière; et ceux-ci, par leur conduite dans des circonstances encore très-délicates , se sont associés à la gloire que les premiers ont acquise, et que personne ne peut leur contester.

Vous ferez, Monsieur, de cette lettre ; écrite sans art et sans méthode, mais dictée par la vérité, l'usage que vous jugerez convenable : j'ai satisfait, en vous l'adressant, à une dette de mon cœur, et je ne peux mieux la terminer qu'en vous assurant de l'estime et de, etc., etc.

NOTES DE L'AUTEUR.

(A) *C AR vous avez une grande obligation à un enfant de Toulouse.*

Il est vrai, et je me fais un plaisir et un devoir de le publier, qu'en 1798, arrêté sur la frontière de la Suisse, comme émigré et comme conspirateur, et ramené à Lyon pour y être ce que l'on appelait alors jugé, c'est-à-dire fusillé, quatre braves volontaires de *la légion de Mirabeau*, du nombre desquels étaient M. Cazeneuve, natif de Toulouse, m'arrachèrent des mains des gendarmes le 17 janvier, à sept heures du soir, sur le quai Saint-Clair, vis-à-vis la maison dite *des Médaillons*; et j'ai d'autant plus d'obligations à l'anonyme qui, en m'adressant cette espèce de reproche, que je suis pourtant bien éloigné de mériter, me fournit l'occasion de témoigner hautement à M. Cazeneuve toute ma reconnaissance, qu'il est le seul de mes libérateurs qui ait survécu aux orages de la révolution, les trois autres ayant été fusillés depuis cette époque.

Quant à la conduite de la ville de Toulouse, l'occasion seule m'a manqué pour en parler dans les termes qu'elle doit inspirer à tous les fidèles serviteurs du Roi. D'après tout ce que j'en ai appris et tout ce que j'en ai vu moi-même, je ne puis que partager l'opinion de l'honnête homme qui m'a fait l'honneur de m'adresser cette lettre. J'ajouterai même une preuve, que je crois sans réplique, de l'excellent esprit qui a toujours animé ses habitans; c'est que les jeunes gens et les enfans ont, dès les premiers momens de la restauration, manifesté les sentimens du plus pur royalisme, qu'ils avaient nécessairement puisés de longue main dans l'intérieur de leurs familles et dans les leçons de leurs parens.

D'ailleurs, le nom d'une ville qui a donné naissance aux *Guintran*, aux *Palarin*, aux *Davisard*, aux *Lefort*, aux *Barbé*, aux *Suau*, aux *Faure*, aux *Cazeneuve*, aux *Candolive*, aux *Ducomun*, aux *Moran*, aux *Rulh* (1), aux *Saurine*, aux *Julia*, aux *Mercié*, aux de *Rome*, aux *Glassié*, aux *Préserville*, aux *Segond*,...... et à tant d'autres intrépides royalistes, qui, soit dans les rangs de l'armée de Condé, soit dans l'intérieur et dans les différentes phases de la révolution, ont constamment combattu pour les principes, et défendu l'autel et le trône, ne sera jamais prononcé qu'avec attendrissement par les vrais amis du Roi et de la Monarchie.

J. P.

---

(1) *Rulh*, ancien sergent-major des grenadiers de la légion de Mirabeau, est aujourd'hui Suisse de la cathédrale de Toulouse; et tous ceux qui connaissent son courage et son dévouement savent qu'un sabre irait beaucoup mieux dans sa main qu'une hallebarde.

(B) *La Salle du spectacle.*

Rien de plus touchant, en effet, que les représentations auxquelles Monseigneur a assisté. C'était le plus entraînant et le plus aimable désordre : chacun était acteur, et répétait les airs chéris que l'on chantait sur la scène ; les jeunes gens de la garde à cheval et de la garde urbaine dansaient dans le parterre aux acclamations de *vive Henri IV*, *vive le Roi* ; c'était une vraie débauche de sentiment : les voix étaient discordantes ; mais tous les cœurs étaient à l'unisson, et j'ai vu le Prince, partageant la vive émotion qu'il inspirait, chanter, rire et pleurer tout à la fois.

Les femmes sur-tout, douées d'une sensibilité plus exquise, et qui, comme j'ai eu tant d'occasions de le remarquer, sont naturellement si franches royalistes, ajoutaient, par l'expression du plaisir qui brillait sur leurs charmans visages, à l'enchantement de ces trop courtes soirées. Comme leurs jolis pieds trépignaient ! comme elles applaudissaient ! avec quelle grâce elles agitaient leurs éventails et leurs mouchoirs ! comme leurs yeux, étincelans d'amour, s'animaient aux cris de *vive le Roi, vive Monseigneur, vive Madame la duchesse d'Angoulême !......* Dans tout ce qui tient au goût et au sentiment les femmes, que nous ne savons plus apprécier ni servir, seront toujours nos maîtres et nos modèles, et l'on ne peut leur disputer la gloire d'avoir influé puissamment sur la restauration. Au milieu de nos mœurs brutales et pendant l'humiliante période de notre dégradation, elles ont fidèlement conservé le feu sacré , et leur cœur fut l'asile de tous ces sentimens délicats et généreux qu'elles savent si bien inspirer , sentir et récompenser.

J. P.

FIN.